Andrea Carloni

CHI MAI IN QUALCHE DOVE

Racconti

"Chi mai in qualche dove"

Copyright © 2019 **Andrea Carloni**

Opera pubblicata e distribuita da: **& MyBook**
Un marchio di Caravaggio Editore
Vasto (CH) – Italy
www.andmybook.it
info@andmybook.it

Tutti i diritti di riproduzione, traduzione e adattamento sono riservati. Nessuna parte di questo libro può essere usata, riprodotta o diffusa senza autorizzazione scritta da parte dell'autore.

Collana Editoriale *Narrativa*
Prima Edizione Febbraio 2019

In Copertina: *Le petit paresseux* di Jean-Baptiste Greuze, 1755

ISBN 978-88-6560-161-7

*“...perché mai un autore
dovrebbe lasciarsi sfuggire l'occasione
di conquistare anche un solo ascoltatore?”*

I fratelli Karamazov, Dostoevskij.

DEAD RINGERS

Primo classificato
premio letterario 'Gustavo Pece 2018' Roma

"Hanno detto che oggi possiamo tutti mangiare nell'androne".

Perbacco, mi porti il diavolo se oserò ancora pensar male di quelle flebo! Proprio tutti dicono? Bisognerà affrettarsi dunque, sono già passate le undici e inizieranno con gli aperitivi da un momento all'altro. Muoviamoci, forza, pretendiamo le panche con vista sul parcheggio o finiremo stipati fra il sottoscala e l'ascensore. Qui in ospedale è indispensabile dar sfoggio di sé: che ragione c'è di farsi da parte quando si è già tanto nascosti al mondo...

"Mi sono fatto trovare già in piedi, sei contento?".

Alla prossima occasione ti voglio in gessato e cravatta e lasceremo i cappelli sui lettini per educazione. Quanti visitatori oggi, troppi forse, non è vero? Eh eh, sorriderebbero tutti, ci scommetto, se non fossero troppo indaffarati a non sciupare una briciola della loro afflizione. Ah, soffrire... dover soffrire! Su vieni qua, fatti accompagnare, hai già sostenuto la fatica di alzarti, quindi spartiremo quella di bruciare venti metri di corridoio, ammesso che ci ricordiamo ancora la strada. Stammi leggermente di fianco, lascia che con un braccio io assicuri la tua schiena e con l'altro possa reggerti la mano. Ecco, fratello, accosta la tua guancia alla mia e incediamo così, drammaticamente, come due tangueri appassionati. Lascia che gli infermieri osservino quanto ci amiamo, io e te, che nascemmo lo stesso giorno.

"Ci mettiamo lì?".

Certamente, alla luce, e dove altro, forza, alla luce! Ti gioverà, ti avvolgerà nel calore dei buoni propositi mentre io... io starò bene qui difronte a te. A momenti porteranno i vassoi e le vivande si fredderanno in pochi instanti, e allora, approfittane adesso per sorridere e parlarmi di qualcosa, qualunque cosa. Io resterò in sincero ascolto.

"Domani dimetteranno la signora di fianco a me".

Tornerà nella sua casa, dalla sua famiglia? Certe sciagure sono insopportabili, poveretta! Ah, te ne prego, cambiamo argomento, discutiamo di qualcosa di più... vitale!

"Ho fatto un sogno, poco prima che tu venissi. Come sempre mi ero addormentato con la flebo...".

Non c'è lusso più invidiabile di prendere sonno prima di pranzo. Un sogno dunque, molto bene, un sogno! Dopotutto i sogni li adoro e adoro quando sei tu a raccontarli.

"Mi riporta alla mente qualcosa che ci è veramente accaduto quando eravamo piccoli e vivevamo in campagna...".

Oh, la campagna, sì, vivevamo in campagna...

"Era una domenica mattina e papà aveva messo sufficienti soldi da parte per farci trascorrere il fine settimana in città, dove avevano allestito l'esposizione di quadri di un pittore che ammirava tanto. Forse uno di quegli impressionisti che va ancora di moda..."

Un impressionista, certo, un impressionista ancora di moda...

"Il viaggio verso la città fu più lungo del previsto ed arrivammo tardi. C'era una gran confusione al palazzo e papà non riuscì ad ammirare i quadri che, oltre a lui, erano accorsi a vedere altre centinaia di visitatori in fila. La mamma era molto stanca e a noi ci prese la fame. Per non fare troppa strada andammo all'osteria più vicina. Un locale famoso ancora oggi, ci siamo tornati alcune volte..."

L'osteria, ecco, l'osteria famosa...

"Forse non eravamo ben disposti o scegliemmo male le pietanze, cosicché abbiamo mangiato con malinconia, mentre invidiavamo i piatti ordinati della coppia seduta di fianco. Poi, dopo pranzo, iniziò a diluviare e la nostra passeggiata divenne una corsa al riparo dei portici. Era circondata di portici quella grande piazza, col pavimento lastricato di ciottoli..."

I portici, i ciottoli...

"Appena fu possibile abbiamo raggiunto affannati la stazione e siamo riusciti a prendere al volo il primo treno per tornarcene a casa, prima del tempo. Una volta rientrati notammo che per sbadataggine la mamma aveva lasciato la stufa accesa tutta la giornata a scaldare la casa vuota. Né si poteva spegnerla, giacché sarebbe servita a mantenere il caldo per la notte. Era inverno, uno degli inverni più freddi che abbiamo mai avuto. Noi due facevamo fatica a prendere sonno con la mamma che piangeva e papà che si rodeva di rabbia. A quel punto mi sono svegliato e ho avvertito una forte nostalgia di quella gita malriuscita, anche della pioggia... Come vorrei che piovesse fin qui dentro, in questa sala!"

La pioggia, anche la pioggia... *Perché sempre sospese tante nuvole sulla tua fronte?* Oh, fratello mio, il più poetico fra gli infermi... Tu prometti sogni e poi ti abbandoni ai ricordi, confondi quel che fu con ciò che non è mai stato. Suvvia, sono qui con te da così poco e tu sei già avvilito e rannicchiato, dimostri vent'anni di più.

"Io non durerò altri vent'anni..."

Eh già, conosco bene questo tuo modo di ricordare al mondo di non essere mai all'altezza... Cosa credi? Ho la tua stessa età, sai, anzi vidi la luce un minuto prima. Quindi dovrei essere io, piuttosto, a mettere le cose in chiaro... solo che ti vedo sovrappensiero, fratello: guardi di fuori e ti tocchi un orecchio, poi la fronte. No, questo sento di non doverlo approvare, no davvero, basta! Alziamoci e scambiamoci di lato. Mi siederò io al posto tuo, guarderò fuori io per te e tu guarderai me, il tavolo e... il pranzo, soprattutto.

"Sono finiti i tovaglioli".

Capisco. E se io adesso sollevassi un braccio, con delicatezza, e uno di quei volontari, sempre cortesi e sfaccendati, ci si avvicinasse timido, potrei chiedere... cosa potrei veramente chiedergli? 'Giovanotto, io e mio fratello, lei capirà certamente... noi abbiamo ben altro in programma... impegni improrogabili. Ah, quanto resteremmo volentieri ma... faccia pure preparare l'auto, firmeremo quel che c'è da firmare, dopodiché partiremo e staremo via per un paio di decenni. Io sono già pronto da un pezzo e a lui... a lui per ora basterà una vestaglia pesante, tutto qua. Sappia tuttavia, che in alcun modo sarà possibile raggiungerci. Ah, dimenticavo, per cortesia... un tovagliolo'.

"Forse non ho tanta fame adesso".

Sì, oggi il pasto non sarà memorabile, d'accordo. Ma del resto, abbiamo davvero bisogno di ricordarci di tutti i nostri banchetti? Chi festeggia lo fa senza perdersi in dettagli. Se preferisci, ti porterò a quella trattoria qui sotto, difronte alla basilica, dove conosciamo il cuoco. Magistrali i suoi timballi!

"Cosa stai fissando ora?".

Non voltarti adesso, sarebbe una fatica inutile, ridicola. Sono io ora che mi guardo, mi tocco un orecchio, poi la fronte e sbircio di fuori. Mancano gli specchi negli ospedali, eppure il riflesso sulle ampie vetrate, fra il neon vibrante delle sale e gli oscuri pomeriggi di novembre, ecco, non c'è specchio più disarmante di questo. Se soltanto avessimo candele al posto di gelide plafoniere, magari le nostre rughe, delicatamente accarezzate, potrebbero farci apparire meno vecchi e più antichi. Ed io sono certo che vedrei me stesso fra vent'anni, così come ritroverei la magnolia qui di fronte e il vento in attesa dei suoi pallidi fiori, così come il freddo e il custode all'ingresso, come il magazzino e il farmacista, i reparti e i montacarichi, la sala d'attesa e le camere ardenti. Se son destinato a non vedere mai me soltanto in questo mio riflesso, sarò io ad invecchiare al suo posto o sarà la sua immagine a sovrapporsi alla mia vecchiaia? Dando a Cesare quel che è di Cesare e a Dio quel che è di Dio, cosa rimarrà a me, cosa mi resterà di mio? Devo fare attenzione, il vetro mi parla di nubi in lontananza, gonfie e immobili. Siate crudeli, nuvole, seguitemi lente e minacciose, quando di me fra vent'anni scorgerete una figura codarda e indaffarata. Mi vedo alzarmi ancora di buon'ora, sbarbarmi e indossare occhiali spessi, il foulard grigio perla e un cappello a falda sottile. Poi mi vedo indugiare fra i convenevoli col giornalaio e il barista, incuriosirmi sulle notizie del mattino al sapore di caffè amaro. Poi, stanco di peregrinare per il lungolago, ritirarmi in casa. Sì, a casa! Il luogo perfetto dove imparare le abitudini della dirimpettaia e convertirmi alle questioni condominiali. Dove l'intonaco muore sui i muri portanti che non invecchiano mai, dove i tappeti si fanno immensi sotto la polvere e le piante in veranda chiedono acqua in eterno... Dove, sul far della sera, rileggere di nuovo i poeti russi, ascoltare ancora i melodrammi veristi, scrivere altri pensieri intorno ai miei pensieri. *Chi mai in qualche dove leggerà queste parole scritte?* E infine, senza fretta, cedere gli ultimi lampi di coscienza al brusio del televisore acceso, e dormire sogni innocui nell'attesa del mio amore per te, già, il mio amore, quel mio amore... La solitudine sarà una compagna gentile e io... io sarò distratto. Così, per ore, ogni giorno.

Nasconderò la mia mente, me stesso, per fuggire, per paura… che mi mancherai, fratello.

"Sono contento che sei venuto a trovarmi".

Come mi piovono addosso queste tue parole, quando le mie non saprebbero sprigionare un decimo del tuo affetto! Oh, se almeno i nostri volti restassero più fedeli alle nostre coscienze che al nostro aspetto, allora, stai pur certo, che nessuno ci troverebbe tanto identici. Perché non siamo nati differenti quel tanto che bastasse perché nel tuo viso che amo, non fossi condannato a figurarmi il mio… terribile, talmente terribile!

"Ora vorrei tornare a sdraiarmi un poco…"

Mai, fratello, mai! Vieni, ti dirò io cosa faremo ora. Se proprio non possiamo fare a meno di somigliarci, allora passeremo dal bagno e ci cambieremo di veste. Nessuno potrà distinguerci, in fondo non è altro che l'abito e la circostanza che rendono malato il sano e sano il malato. Ti congederai da me senza troppe nostalgie e poi, mentre ti farai lontano, io avrò già fretta di fare mia questa convalescenza. Esci, fratello mio, esci! Mi basteranno un paio di settimane per abituarmi all'idea di non invecchiare, un mese forse, non di più. Sento che già questa sera non la distinguerò dalla prossima e che domattina non avrò bisogno di affacciarmi alla finestra per vedere se i negozi sono aperti, se è festa o si lavora, se c'è traffico e gente per strada o se le belle giornate resistono ancora. Esci! Sapessi che sollievo non avvertire il mistero degli anni in arrivo, non essere più in vena di collezionare le estati e gli inverni.

Ah, congedare il pensiero, la volontà e... sospirare, questo sì, mi farà restare in pace. Esci. Ricorda di lasciare una mancia al guardiano quando ti scambierà per me, gliela avevo promessa perché chiudesse un occhio sugli orari di visita. Ti saluto finalmente, avrai di meglio da fare che venirmi a trovare e, soprattutto, non portar via nulla da qui. Gli occhiali da lettura, il rosario, il pigiama pesante, la limetta, il rasoio, la biancheria stirata e il borsello... Diverranno ora tutti miei servi, non si accorgeranno che il loro vecchio padrone se n'è andato via. Lasciamoci così, da vecchi impostori: se non ci sarà fatale la separazione, lo sarà ancor meno l'imbroglio. Bisognerà pur dimostrare a tutti come si possa essere identici e ipocriti a questo mondo; loro sarà lo stupore e tutta nostra la noia. Esci e... addio! Addio per sempre... o almeno solo per oggi. Mio adorato, mio eguale. Mio fratello.

UN INCONTRO CON IL MAESTRO HISHAM

Premio speciale della critica
concorso letterario 'Sima Onlus 2018' Milano

Lungo la strada dei re, ancor prima di giungere al deserto di Wadi Rum, potreste avere l'occasione di imbattervi nel maestro Hisham, uno dei personaggi più singolari dell'intera Giordania. Da quelle parti tutti lo conoscono o si dichiarano suoi cugini, dunque i pretesti per incontrarlo potrebbero essere i più svariati: una sosta per rinfrancarsi dalle ore torride, la ruota del fuoristrada intrappolata nella sabbia, una telefonata urgente di un cliente in arrivo, saranno tutte scuse di cui si servirà la vostra guida per sospendere il viaggio e presentarvi al maestro. Sarete introdotti a lui quasi con leggerezza poiché, non essendovene stato preannunciato l'incontro, troppi cerimoniali potrebbero insospettirvi. Come succede ai più, potreste scorgerlo nel bazar di sua proprietà dove, mentre vi aggirerete curiosando fra i souvenir, potrebbe venirvi offerto un caffè, quasi certamente sulla terrazza sopra il negozio, a guardare Israele difronte a voi e immaginare l'Arabia Saudita alle vostre spalle. Bisognerebbe sempre accettare un caffè arabo, specialmente quello offerto dalla persona apparentemente più ordinaria che potreste trovarvi davanti, come il maestro Hisham: di media statura, capelli mossi e lunghi quasi alle spalle, abbigliamento moderno, blue jeans, sneakers, una t-shirt e una giacca scura di finta pelle. Appena sarete scesi dall'auto si affaccerà dalla terrazza chiedendovi, rigorosamente nella vostra lingua, di raggiungerlo al piano di sopra usando la corda che vi getterà dal parapetto. Riderà per il vostro sguardo inebetito dal suo scherzo assieme a suo cugino, la guida turistica, che da quel momento vi lascerà probabilmente soli con lui, per una mezzora o poco più, tempo sufficiente per farvi invogliare ad acquistare qualche articolo in esposizione: i braccialetti d'argento, le brocche in vetro soffiato, le tuniche di seta. Noterete anche una sorprendente varietà di turbanti e cosmetici e il maestro volentieri vi mostrerà come annodare gli uni sui vostri capi e applicare gli altri ai vostri volti. A lui piace scherzare sul prezzo piuttosto che contrattarlo, tanto che voi potreste rimanere confusi e limitare gli acquisti agli oggetti più essenziali. Questo non va a suo discapito però, perché lui sapeva ben in anticipo, avendovi osservato mentre voi osservavate a vostra volta gli articoli in vendita, quali avreste infine scelto e comperato. E dopo avervi mostrato il bagno e la scala per la terrazza, troverete per voi, appunto, un paio di sedie, un tavolino basso, e il vostro caffè. Hisham con un inchino vi porgerà la tazza con la mano destra e chiederà che la riceviate con la medesima mano, pregandovi di assaggiarlo e riferirgli le vostre impressioni sulle differenze con il corrispondente europeo. Voi dapprima vi concentrerete sulla consistenza densa e il sapore speziato della curiosa bevanda. Quindi lui vi racconterà il metodo con cui avrà preparato la miscela di spezie, pestando i chicchi assieme al cardamomo, alla cannella e allo zafferano e vi dirà che, per alleggerirne il sapore amaro, non avrà affatto usato lo zucchero, bensì datteri ed acqua di rose. Poi vi spiegherà di aver ripetuto tre volte l'ebollizione, secondo il metodo tradizionale, per cui il liquido avrà acquisito la sua tipica pastosità. Sarà a quel punto che voi di certo obietterete che la bevanda però vi è stata servita fredda o comunque a temperatura ambiente, quindi non riscaldata. Ed ecco che sarete caduti nel tranello del mago che, avendo da tempo già deviato le vostre attenzioni su una falsa pista, avrà un aperto un facile sentiero nella vostra incredulità, per fare finalmente sfoggio del suo prestigio. Vi guarderà fingendo il disappunto di chi non capisca, corrugando la fronte e aguzzando lo sguardo, fino a chiedervi se siete davvero sicuri che il caffè non sia caldo. Voi riderete fra i denti di lui per averlo colto in fallo e addirittura potrete far uso di una certa clemenza, sostenendo che non si tratta di un problema e che il caffè lo gradirete ugualmente anche così. Lui non modificherà la sua espressione, anzi, suggellerà il suo sguardo con un silenzio che, per quanto breve, voi non comprenderete, fintanto che le vostre timide dita occidentali avvertiranno una sensazione d'intensità crescente, insostenibile, fuori controllo. Sarà uno spettacolo sentirvi urlare e vedere le tazzine volare, e il caffè fumante, quasi bollente, disegnare in aria un'iperbole grottesca, fino a schiantarsi ai vostri piedi. Sarete voi adesso ad avere sguardi più che perplessi, mentre Hisham vi avrà già derubato delle vostre risatine: il prodigio può dirsi servito. Avevate creduto fino a quel momento di avere semplicemente a che fare con un negoziante eccentrico, e non con il maestro celebre in tutta la Giordania per l'arte del controllo del fuoco.

Questa vicenda singolare è un vero e proprio rito che Hisham ripete spesso agli avventori del suo bazar. Le reazioni possono essere le più svariate ed Hisham ve le racconterà volentieri, categorizzandole principalmente per origini geografiche. Gli americani tendono a rivoltarsi minacciando di chiamare le autorità, i giapponesi se la danno a gambe implorando la guida turistica di riportarli all'albergo, i francesi mascherano con freddi complimenti la curiosità che li attanaglia, a cui gli spagnoli e gli italiani, invece, danno libero sfogo attraverso interrogatori ai limiti dell'impertinenza. Tuttavia, la maggioranza degli spettatori restano perlopiù interessati a scovare il trucco, quando invece Hisham, che sosterrà di non utilizzarne alcuno, vorrebbe portare il dibattito su questioni più stimolanti e significative, in una sola parola, spirituali. Coloro con cui Hisham sa di esercitare molta attrattiva e riesce a stabilire un dialogo più profondo, restano le ragazze del Nord Europa e se lui ne approfitta, resti ben inteso, è puramente a scopo intellettuale. Soltanto che, a suo dire, quel genere di ragazze, pur non ammettendolo apertamente, auspicherebbero da lui un'interazione piuttosto pratica, tanto che non è raro che occasioni così interessanti possano trasformarsi in grandi delusioni o spiacevoli incidenti. Potrebbe dunque raccontarvi l'episodio di Heike e Kirsten, due amiche di Amburgo, entrambe di nemmeno vent'anni, belle e vivaci, che aveva invitato come al solito per un caffè 'freddo' al bazar, non molto tempo prima. Sebbene al momento del lancio della tazzina rovente, la prima rimase più razionalmente scettica, mentre solo la seconda si abbandonò subito alla figura carismatica del maestro, accettarono entrambe di trascorrere con lui una giornata nel deserto. Le portò dapprima a visitare la storica locomotiva giapponese, portata in Giordania negli anni cinquanta, perché fu lì che Hisham da bambino ebbe la sua prima intuizione, mentre il padre gli illustrava il funzionamento del motore a vapore. Pensò che, se il deserto portava in sé l'abbondanza degli elementi fondamentali della terra, dell'aria e anche dell'acqua - il canyon del Wadi Rum fu scavato nei millenni dallo scorrere dei fiumi - era dunque assurdo che proprio in quel rovente deserto non vi fosse traccia naturale del fuoco, se non nei bivacchi dei beduini. Fu così che pochi mesi dopo abbandonò il tetto familiare, avvisando con una lettera i genitori che avrebbe trascorso il ramadan nel deserto e non sarebbe tornato fintanto che non avesse trovato il fuoco. Portò le due ragazze ad ammirare il tramonto proprio nella zona dove divenne saggio e maestro a soli dodici anni, vicino ad una delle più curiose formazioni rocciose del Wadi, a cui Lawrence d'Arabia aveva lasciato il nome biblico dei 'sette pilastri della saggezza'. Rispondendo con modestia alla curiosità sospettosa di Heike e a quella morbosa di Kirsten, Hisham assicurò loro che avrebbe dimostrato come fosse riuscito a sopravvivere per settimane fra le dune e le rocce. Le fanciulle non declinarono l'invito e approfittarono dell'opportunità per trascorrere la notte sotto la protezione del maestro. Nell'ascolto di un fruscio sulle sabbie silenziose, una vampata improvvisa fece sussultare le due giovani ed Hisham, indicando loro un serpente bruciacchiato, mostrò come col fuoco ci si potesse difendere. Vedendole tremare, Heike di paura, Kirsten di desiderio ed entrambe di freddo per via dell'escursione termica, fece scintillare dal nulla un rigoglioso falò al centro della loro compagnia, dimostrando come col fuoco ci si potesse riscaldare. Poi, da un piccolo lampo sopra le loro teste, fece cadere una pernice folgorata fra le ginocchia tremanti delle giovani e, con un sorriso compiaciuto, Hisham mostrò loro come col fuoco ci si potesse anche sfamare. Mentre Kirsten era avida di conoscere quanti più desideri fosse possibile realizzare con lo straordinario potere, Heike ne evidenziava invece i pericoli e, se quest'ultima il potere sembrava volerlo tenere distante da sé, la prima lo agognava quasi come l'immortalità. Hisham volle spiegare alle ragazze come il controllo del fuoco fosse una capacità acquisibile da chiunque che, come lui, si fosse sacrificato con dedizione ad un percorso di rinuncia e di saggezza, riconducendo la propria esistenza ad un tale grado di essenzialità da rendere facilmente usufruibili proprio quegli elementi fondamentali – e il fuoco è uno di questi - di cui restiamo all'oscuro nella vita di ogni giorno. Hisham non si considerava predestinato e se lui aveva scelto il fuoco, era sicuro che altri avrebbero potuto fare altrettanto, se l'avessero desiderato, con l'aria, l'acqua, la terra. Inutile aggiungere l'eccitazione di Kirsten e la preoccupazione di Heike alla sconvolgente rivelazione. Il maestro rassicurò l'amica sospettosa, sostenendo che non doveva essere tanto il controllo del fuoco a destare spavento, così come non si tema di morire affogati una volta che si sappia nuotare, quanto piuttosto l'ignoranza di questa grandiosa potenzialità in letargo dentro ognuno di noi. Volle di contro ammonire anche l'euforia dell'altra ragazza sostenendo che, per quanto ognuno possieda di fatto la possibilità di apprendere il controllo sugli elementi, bisognerebbe sempre scongiurare i rischi di una pratica inesperta o sconsiderata. Sopra ogni cosa insegnò loro che il controllo del fuoco non sta solo nell'arrostire quel dato oggetto o quel dato essere a propria volontà, bensì nell'abbracciare l'elemento stesso in tutta la sua complessità e molteplicità. Il fuoco infatti, spiegava il maestro Hisham, oltre che calore, è illuminazione, movimento e vita. Controllarlo significa poter modulare il fuoco esterno a noi di cui tutti, sebbene superficialmente, abbiamo esperienza, con quello a noi interno, la cui potenza è del tutto ignorata. Con la pratica diligente e la meditazione, Hisham raccontò come fosse riuscito, per esempio, ad avere visibilità del modo circostante anche in assenza di luce, oppure a generare movimento in assenza di moto e, ancor più importante, ad intervenire nel mondo dentro di sé, variando la propria temperatura corporea, la portata e la densità dei propri fluidi, la durata del sonno e della veglia, la forza muscolare e la resistenza respiratoria, fino a regolare le passioni e gli istinti, acuire la capacità razionale e la stabilità degli equilibri nervosi. Lo stesso Hisham, per quanto avvezzo alla confidenza col fuoco, ammetteva di non poter mai trascurare l'esercizio di controllo su di esso, ma di praticarlo ossessivamente come rito quotidiano, senza eccezioni. Sua convinzione, che confessò senza scrupoli, era che se tutto ciò gli fosse possibile tramite una sapienza proiettata su di un unico elemento, coloro i quali avessero colto la vocazione a controllare anche gli altri, avrebbero potuto raggiungere l'invulnerabilità o la santità, ricucendo via via tutte le fratture che nel tempo avevano distaccato l'essere umano da quello divino. Sappiamo però che l'avventatezza a cui abbiamo abituato le nostre vite, fa sì che dai saggi tendiamo ad attingere solo quel che ci fa più comodo, e soltanto in pochi agiscano con la giusta misura e l'umiltà nel farsi guidare. Quando da neanche un paio d'ore il buio solenne del deserto era calato sulle sabbie e sui loro pensieri, Kirsten avvicinatasi dal lato del fuoco verso Hisham, si sfilò la maglietta, i pantaloncini e le scarpe e li lanciò dietro di sé. Heike si alzò in piedi e le rivolse un rimprovero altezzoso, che le fece ottenere come unico risultato che l'amica, oppressa di calda bramosia, si liberasse anche della biancheria. Hisham rimaneva seduto ed immobile ad occhi chiusi verso il fuoco, in atteggiamento di attesa assai curioso, se raffrontato alla tensione che si rappresentava attorno a lui. Kirsten avvicinò il suo volto a quello del maestro e con la rossa lingua iniziò a carezzargli fervidamente il collo poderoso, seguendo i rigonfiamenti della pelle sopra i muscoli e le vene. Heike si mise ad urlarle contro con indignazione e Kirsten iniziò a premersi i seni rigonfi con una mano, mentre infilò l'altra nella patta dei jeans insabbiati del maestro, che rimaneva passivo agli oltraggi. Heike aveva la voce rotta e versava lacrime di impotenza verso la spudoratezza di Kirsten che, esasperata dall'incontentabile prurito che tormentava il suo giovane ventre, prese a strusciarlo sulle labbra carnose e taciturne del maestro, con movimenti ripetitivi e convulsi, almeno quanto lo erano i suoi gemiti. Heike le si scagliò alle spalle per interrompere l'orrido spettacolo, ma non fece in tempo nemmeno a sfiorarla che un lampo le balenò sulle mani e la rigettò indietro di alcuni metri, ricoperta di fiamme. Poiché lo slancio la fece rotolare nella sabbia in pendio lungo la duna, se la cavò giusto con qualche piccola ustione e la carbonizzazione di alcune ciocche di capelli, delle ciglia e delle unghie. "Maledetto perverso", si mise a gridare Heike nell'immensa e indisturbata solitudine del Wadi Rum, "demonio!". A quel punto il maestro si risvegliò e le rispose ridendo: "Sei in errore, io stavo solo pregando, è stata lei a farti questo scherzetto", e si liberò di Kirsten spintonandola con forza. "Vi lascio qui amiche, ha molto più da insegnarvi il deserto di tante mie parole".

Le due ragazze sbigottite lo videro scattare rapido come una volpe e scomparire inghiottito nel buio fra le rocce e le dune.

Dalla terrazza del suo bazar, il maestro Hisham, che avrà concluso il suo racconto con il suo solito sorriso di compiacimento, si allontanerà solo per il tempo necessario a voi per meditare e a lui per prepararvi un altro caffè, al posto di quello sparso sul pavimento. Quando sarà di ritorno sulla terrazza, lo vedrete inchinarsi nuovamente per porgervi la nuova tazzina, e saprà precedere ogni vostro interrogativo rassicurandovi con queste parole: "State tranquilli, questo è caffè espresso, il mio preferito".

BREVE STORIA DI JIMMY LATE

Primo classificato
Concorso letterario '& MyBook Anthology 2017' Vasto (CH)

Neanche un paio di anni fa @FedeBilli052 aveva dichiarato, in una sua pubblicazione di successo, che *"il ventiduesimo secolo accomuna le società sviluppate nella quasi completa assenza di eventi concreti"*. Seguiva un'analisi secondo cui, essendo i contatti nell'ambito delle comunità (amicizie, parentele, ambienti lavorativi) relegati prevalentemente ad una gestione virtuale, mediante social network e mezzi di comunicazione in rete, di conseguenza anche gli stessi eventi sociali sono organizzati virtualmente con i medesimi canali, rendendone pressoché obsoleta ogni manifestazione reale. *"Essere sempre in contatto, senza necessità di sfiorarsi"*, erano le parole conclusive dell'articolo, anch'esso del resto elettronico, come questo nostro. Gli intellettuali sono da sempre creature sfortunate: ogni volta che si pronunciano, accade qualcosa che li smentisce poco dopo. @FedeBilli052 non poteva prevedere il fenomeno di Jimmy Late, tanto dirompente adesso, come avrebbe potuto esserlo anche un secolo fa, quando ci si incontrava ancora nelle strade e nelle piazze. Proprio a questo fenomeno vorremmo ora restituire una parvenza d'ordine, fra le tante opinioni che ne confondono la storia.

Il personaggio è straordinario fin quando alla nascita - poco più di trent'anni or sono - gli è riscontrata un'encefalopatia che si sarebbe presto manifestata in una disabilità intellettiva. La diagnosi fu delicata quanto clamorosa se si considera che, dal 2072 almeno in Italia non si erano più registrati casi di handicap congeniti. *"Si resta sempre spiazzati ad affrontare malattie debellate da decenni come questa. Così come sarebbe impensabile ammalarsi ancora di Aids"*, ha voluto semplificare il luminare epidemiologo @LucioPerri036, che ne ha seguito la vicenda medica. Tuttavia, ciò che a noi pare 'impensabile', non è detto che alla natura resti impossibile. *"E comunque rimane ad oggi l'unica eccezione, non c'è da preoccuparsi"*, ci tranquillizza. In sostanza la scienza ha fatto passi da gigante: non solo la vita media oramai sfiora i cento anni, ma soprattutto ha reso alta la qualità di questa lunga vita. Ci si ammala sempre meno e qualora ci si ammali i tempi di ristabilimento sono rapidi. Nella fattispecie, oramai tutte le gravidanze sono assistite da un prodigioso sistema obbligatorio di terapie ormonali e test preventivi, che scongiurano il verificarsi di qualunque anomalia al feto e, nella rara eventualità, offre l'opportunità di intervenire geneticamente per tempo. Ci si è interrogati molto anche sui genitori e sui medici, circa i motivi per cui l'eccezione si sia verificata, ma più che l'indagine morbosa ora ci interessa l'aspetto che ha reso eccezionale l'eccezione stessa. Jimmy Late difatti diventa un genio della chitarra, un cosiddetto *guitar hero*, come non se ne vedevano da lungo tempo. C'è da dire che oggi, in fondo, la musica tutta non esiste più come una volta. Ne è riprova il fatto che rispetto ai musicisti stessi, ricevono più attenzione i musicologi. Uno di loro, @ChrisBellan047, asseriva che *"la musica si sarebbe presto denudata dalla sua veste prettamente artistica, per divenire mera distrazione, uno sfondo come tanti alla nostra quotidianità"*. Così è stato, tant'è che attualmente la figura dell'autore è decaduta in favore dei generatori di musica diffusa nei network, che possono gratuitamente originare librerie sonore ex novo adattabili alle nostre attività e stati d'animo. Non si parla più di armonia, melodia e ritmo, bensì di sequenze di suoni e rumori, acquisibili in rete e condivisibili con gli utenti connessi. Non esiste nemmeno più l'unicità della composizione, in quanto tali sequenze sono facilmente modificabili a piacere, dando vita a *"linee sonore continuamente alterate e sempre più, per loro stessa natura, anonime: non in quanto di nessuno, ma perché di chiunque"*. L'analisi iniziale di @FedeBilli052 poteva qui aver conferma della sua lucidità: mancando i musicisti ed essendo l'audience diffusa e condivisa, allo stesso tempo musicante e musicata, e per questo autosufficiente al proprio intrattenimento, si spiega il motivo per cui non assistiamo più a concerti o manifestazioni di sorta. La fruizione è divenuta autonoma, disimpegnata, viaggia nella rete: non vi sarebbe appunto più alcuna necessità di eventi musicali concreti.

Questo finché i singolari clip di un chitarrista disabile non iniziano a circolare online in misura sempre più ossessiva. È vero, suonare la chitarra oggi è come suonare il liuto ai tempi in cui la chitarra stessa era ancora di moda. Se chi la suona è però una persona affetta da disabilità, si diventa più originali che fuori moda. Se inoltre questo disabile è incredibilmente bravo, ecco che presto la curiosità di alcuni diviene ammirazione di tutti. @LucioPerri036 riporta umanità al caso, sottolineando che stiamo comunque parlando di: *"una persona con forti difficoltà nell'articolazione del linguaggio e della mimica. Non potendo interagire sufficientemente con l'ambiente circostante, fatica a prendere confidenza con i propri bisogni elementari. Per questo anche il comportamento e la deambulazione restano notevolmente compromessi"*. E allora come può fare quel che fa, se non è in grado di farlo, incalzano gli increduli. Il medico restituisce elegantemente la vaghezza al dubbio: *"Che possa apparire miracoloso è più che comprensibile. Soprattutto, l'ottima capacità di coordinare entrambe le mani farebbe pensare ad un'attività fra i due emisferi cerebrali fuori dal comune, anziché ridotta. Viene spontaneo pensare alla sordità di Beethoven, o ad un pianista del passato, Petrucciani, che definiva la sua deformità una fortuna per il suo talento. Che il genio possa, come la ginestra leopardiana, irrompere in tutta la sua bellezza e genuinità laddove gli ostacoli più aspri sembrino soffocarlo?"*. Perdoniamo al medico il sussulto poetico con cui ha voluto forzare il paragone, dato che le disabilità dei musicisti da lui citati non erano affatto intellettive. Però ci vuole pazienza, si sa, per ritrovare un senso nelle false piste del sistema nervoso centrale; pazienza con cui concediamo allo scienziato anche il tempo per gli studi necessari.

Il padre e la madre stessi dichiarano di non essersi mai sentiti all'altezza delle particolari esigenze del ragazzo, *"anche perché oggi è raro sapere di altri genitori in situazioni simili"*. Certuni obiettano che più del peso dell'inadeguatezza sia quello della vergogna a immobilizzare le loro coscienze, ma al riguardo ognuno formerà il proprio giudizio. *"Più che altro lo abbiamo lasciato fare, senza spronarlo più di tanto, perché ci sarebbe sembrata una violenza nei suoi confronti, è già tanto sfortunato"*, afferma la madre in un'intervista. Prosegue il marito, *"poi col tempo vedevamo che passava ore chiuso nel mio studio, dove c'è una chitarra, una vecchia Gibson elettrica di mio nonno che conservavo per un valore affettivo, visto che non avevo idea di come si suonasse. Jimmy la prendeva e cercava di usarla. Trovavamo per lui dei video-tutorial in rete. Era incredibile come memorizzasse e imparasse in fretta"*. Quando intuiscono che sotto i loro occhi sta crescendo un talento particolare, sono proprio il padre e la madre a registrarlo con una webcam e a pubblicarne i video. Il nome d'arte, che dovrebbe avere più dell'affettuoso che del canzonatorio, viene diffuso da alcuni affezionati followers che riconoscono, fra le sue prime esecuzioni, alcuni assoli di Jimmy Page dei Led Zeppelin, storica rock band di fine ventesimo secolo. Jimmy - il nostro Jimmy - ha ventotto anni quando finalmente si esibisce per la prima volta in pubblico, proprio nella nostra città, dove è già noto ai più. Il concerto è organizzato dagli stessi genitori nelle aree verdi obbligate dei sobborghi, in genere battute solamente da nostalgici salutisti. Il successo annunciato è presto confermato. Jimmy Late suona per un'ora circa, stando seduto con la sua Gibson fra le braccia e senza guardare mai il pubblico. Esordisce con alcuni fraseggi melodici per poi abbandonarsi, fra un riff e un altro, ad uno sfoggio di assoli. *"Vi era già nel suo primo concerto, la stessa consapevolezza dell'ultimo, perché Jimmy suonava immerso in una concentrazione quasi ipnotica: non aveva tempo e modo di accorgersi del pubblico. Suonava e basta, con la precisione e la determinazione del professionista"*, commenta @ChrisBellan047. Qual è invece la consapevolezza di un pubblico non più abituato a riunirsi dal vivo, se non in particolari ricorrenze del calendario, e che ora si trova ad applaudire entusiasta, a desiderare che l'ultimo brano non sia l'ultimo? Sono forse sospesi in un'ammirazione incosciente, senza capire che un evento, il primo di tanti, si sta realizzando dopo molti decenni proprio lì, poco distante dai circondari residenziali?

Con l'aiuto dei proventi raccolti dall'esibizione, i genitori - e i polemici sopracitati non mancarono di contestare la recente dedizione e la fierezza di cui difettavano prima della celebrità - possono sviluppare una piccola tournée, per cui viene ingaggiata a fatica anche una modesta band per accompagnarlo almeno nei brani più tradizionali, perché è poi costretta a tacere quando i solismi di Jimmy Late prendono il volo verso le improvvisazioni più inafferrabili. Il programma di base del concerto è di fatto sempre il medesimo, poi Jimmy Late, con noncurante naturalezza, lo interrompe, lo abbandona, per poi recuperarlo e lasciarlo ancora, guidato dalle sue intime ispirazioni. Gli appuntamenti si moltiplicano e si espandono profondamente nel territorio nazionale. Per ogni serata si registra il sold-out e si è costretti ad assumere personale di sicurezza per contenere l'euforia degli spettatori più giovani. Poiché Jimmy Late non si concede mai al pubblico se non a mezzo della propria musica (niente foto, dichiarazioni, interviste e ospitate), prolifera il merchandising, si diffondono in rete icone, file audio e video, spuntano gli imitatori, i fanatici e i detrattori, tanto che l'atmosfera e il costume potrebbero anche ricordare quelli della società nella seconda parte del '900. Per ascoltarlo dal vivo o via etere si interrompono le faccende domestiche, si dimenticano gli impegni di lavoro. Durante i concerti si balla, si urlano a memoria le melodie più orecchiabili, si salta, si sviene, si cerca di salire sul palco, prendendosi anche calci sulle mani e sul naso dai bodyguard. Oltre alle folle il fenomeno attira chiaramente anche molto denaro, che la famiglia sa abilmente amministrare.

Ora, se vi è un evento, ci sarà prima o poi anche l'evento degli eventi. Si tratta dell'ultima data della grande tournée nazionale di Jimmy Late, che si svolge proprio nella nostra città, quella di origine, per giunta in occasione del suo trentesimo compleanno. La famiglia promuove e promette un concerto epocale, trampolino per l'ipotesi di un lancio a livello europeo, dopo un meritato periodo di riposo. Solo per dare un'idea dell'affluenza di pubblico basti dire che si è quasi smantellato il vecchio aeroporto. Per la dovuta sinteticità di cui la cronaca non dovrebbe mai difettare, riteniamo opportuno rappresentare l'evento limitandoci ad un breve estratto della recensione di @ChrisBellan047: "*...quelle mani che fuggivano, roteavano, slittavano lungo i tasti del manico, dalla paletta verso la cassa, dal mi basso al mi cantino, con la furia di chi corre sul filo del rasoio, che quando sembra perdere l'equilibrio e precipitare, è invece il momento che si slancia nell'iperbole di un volo nuovo, inaspettato. Ogni tecnica è appresa, condensata e poi sprigionata: la sintesi del legato, il solletico del tremolo o del vibrato, lo stacco degli stoppati, poi la padronanza degli armonici, del pizzicato, dell'arpeggio, e lo sfoggio del bending sulle note più alte, della velocità sulle scale più estese. Cosa non potranno quelle dita? Dove si nascondono la fatica, l'incertezza, l'imprecisione, l'imprudenza?*". Sembra quasi che Jimmy stia per alzarsi in piedi alla conclusione del suo ultimo assolo. Invece, come sempre viene portato via dal padre e la madre, che lo sollevano fra le braccia in saluto verso il pubblico, prima di congedare il palco. Appena rientrati in casa non hanno modo neanche di fargli spegnere le candeline, che si è già suicidato. Dai rilievi delle autorità sembra che non sia stato neanche tanto difficile per lui, che misurava solo 151 centimetri e pesava 45 chili, infilare la testa fra la tracolla e la cassa della chitarra appesa sul supporto a muro, e lasciarsi penzolare.

Associarlo ai casi di altre famose rockstar suicide, oltre che scontato, non sarebbe nemmeno d'aiuto ad interpretarne la drammatica uscita di scena. Sappiamo veramente i sinceri motivi per cui oltre cento anni fa alcuni di loro scelsero di suicidarsi? Probabilmente no. Quel periodo poi è talmente lontano, che non potremmo includere così ingenuamente Jimmy Late fra le vittime sia del nostro tempo che del loro. Sentiamo spesso dire da chi lo ammirava che, per quanto il successo avesse potuto confermare il contrario, era un ragazzo troppo solo, incompreso e poco amato. Chi invece non lo aveva affatto in simpatia sostiene che fosse comunque un malato, un pazzo, un fenomeno da baraccone. Tutte congetture che possono essere tanto banali quanto acute, a seconda del risvolto che si vuol dare alla storia. Fatto sta che nel nostro paese, ad una manciata di mesi dalla scomparsa di Jimmy Late, non si ha più notizia di nuovi casi di disabilità, né di particolare talento. Se i riflettori spenti da un lato hanno consentito a @LucioPerri036 una fuga silenziosa dall'enigma clinico, dall'altro è evidente che non si sia più assistito ad eventi di particolare rilevanza. La musica - se così la si vuol chiamare - è ridivenuta quella di prima.

Era prevedibile che tornasse allo scoperto @FedeBilli052, cui reputo talmente abile il recente intervento, da volerlo scomodare di nuovo per concludere il nostro: *"Ad onta di quanto persino Nietzsche fece profetizzare al suo Zarathustra, adesso è evidente che nell'affollata società degli ultimi uomini, anche un supe-ruomo soltanto è di troppo".*

Sempre che ad essere di troppo, vien da chiedersi, non sia proprio questa folla di ultimi.

LA SCOMMESSA

Primo classificato
concorso nazionale '...adesso raccontami Natale 2018'
Salerno

La giornata di ritiro procedeva noiosa. Al momento delle confessioni fui convinto di non credere più in Dio. Bisognava solo dirlo al confessore. In chiesa eravamo in tanti ad attendere il turno per i sacerdoti. Non ricevevano nei confessionali ma su due panche, una a ridosso di ogni parete. Sulla sinistra stava Padre Carlo, con la barba nera come le montature dei suoi occhiali. Era rigoroso nelle confessioni tanto quanto nelle lezioni di canto. A me toccò fortunatamente Padre Giulio, sulla destra. Lui era sempre stato paziente e pacato con noi, pertanto avrei di sicuro trovato maggior comprensione. Quando venne il momento, dall'emozione mi si seccò subito la lingua. Mi feci il segno della croce e, non ricevendo domande, iniziai. Avrei dovuto dirgli: «Padre, non credo più in Dio», ma non potevo essere così aggressivo verso di lui. «Padre, credo di aver perso la fede», dissi. Scorsi subito un piccolo sussulto sulla sua fronte lucida. Poi prese subito a rassicurarmi con una voce affettuosa, ponendomi una mano sulla spalla. Io abbassai lo sguardo. Ero troppo preso dalla mia rivelazione per capire le sue parole. Con la mente mi sentivo altrove ed era difficile concentrarsi per il chiasso dei ragazzi in attesa. Io e Padre Giulio eravamo costretti a parlarci a voce sempre più alta, col timore che altri sentissero frasi come: «Forse è il caso che almeno io rimandi la cresima?". Si era reso conto che la circostanza non era delle più adatte. Quindi mi assolse comunque, chiedendomi di attenderlo in sagrestia. L'idea di un seguito della confessione mi dava disagio. Nell'anticamera della sagrestia c'era una vecchia seduta a un tavolo. Aveva un enorme cumulo di monete che le arrivava quasi all'altezza del mento. Vidi Padre Giulio sporgersi dalla sagrestia e fermi un rapido cenno di entrare. Non aveva più i paramenti. Era in borghese, difronte a uno specchio, mentre si sistemava la camicia e i capelli. Non mi guardò neanche e urlò con stizza: «Ma cosa ti salta in mente, smidollato? Vuoi rovinarmi il ritiro? O vuoi forse venire a insegnare teologia in parrocchia?». Rimasi esterrefatto dal suo nuovo atteggiamento. Probabilmente sarebbe stato meglio confessarsi da Padre Carlo, pensai. Provai a sussurrare con voce tremula: «Padre, io veramente...». «Taci un po', hai parlato sin troppo oggi. Hai la lingua lunga. Ma cosa ne sai di Dio, di Satana, di fede e tutto il resto? Cos'hai studiato, quali esperienze hai avuto, eh? Piantiamola con le ragazzate, mettiti in riga con gli altri e concludiamo il ritiro come si deve». Trovai il coraggio di lamentarmi con un parole più decise: «Padre, io non ci credo e basta!». Non terminai nemmeno la frase che un ceffone mi arrivò sulla guancia. Le lacrime uscirono senza volerlo e provai vergogna della mia impotenza.

«Ascolta figliolo», continuò guardandomi, ma con occhi meno severi, «ciò che chiedo a te lo chiedo a tutti, non sei speciale. Pensi che gli altri siano stupidi e te l'unico a vederci giusto? Ti sbagli. E in ogni caso sei troppo giovane per mandare tutto all'aria. Sai chi era Pascal? Sicuramente no. Allora fidati e accetta la scommessa su Dio. Se alla fine vinci, vincerai tutto. Se perdi, non avrai perso nulla». In quel momento un gran fragore ci fece trasalire. Padre Giulio si affacciò dalla sagrestia e io con lui. Alla vecchia erano cadute le monete per terra. Continuavano a roteare senza fermarsi. Padre Giulio alzò gli occhi al cielo e accennò un sorriso. Poi sospirando mi disse: «Ti aspetto fuori, insieme a tutti». Si avviò verso l'esterno della chiesa. Nel cortile davano il rinfresco in attesa dei nostri genitori. La vecchia mi guardò, con le mani nei capelli. Mi chiese timidamente di darle una mano a sistemare 'il disastro', come lo definiva. Rideva goffamente e poiché mi faceva pena, la aiutai. «Grazie caro ragazzo, sono così tante, sai, le offerte della questua. La carta l'ho già sistemata vedi?». Mi mostrò una tasca sul grembiule piena di banconote. «Però queste monete mi fanno diventar matta, ci vuole tanto tempo a separarle e ordinarle prima che le dia a Padre Giulio». Era tanto impacciata e spiacente da farmi sorridere. Mi sedetti anch'io al tavolo per cercare di raccogliere e sistemare il mucchio di monetine. «Vedi, ragazzo, lui è così, anche con me a volte, un po' scorbutico. Però è un bravo uomo. Sai, ne ho passate tante e lui mi ha aiutato. Io cerco di rendermi utile qui come posso. Lui si fida di me, sai?

Altrimenti non mi affiderebbe tutto questo denaro. Si fida anche di te, non preoccuparti. Soltanto...», la vecchia esitò portando una mano alla bocca. «Vedi ragazzo», riprese con un fare guardingo, «non ti arrabbiare, ma non ho potuto fare a meno di ascoltarvi, mentre eravate qui di fianco e urlavate. Sono abituata ad assistere a qualche sfuriata ogni tanto, però, quando lui ti ha parlato di una scommessa, poco fa, una scommessa su Dio...», esitò di nuovo e poi continuò, «ecco, quando ti ha detto quella cosa, ho pensato a quel che è capitato a me. Mi sono spaventata tanto che muovendomi di scatto ho fatto cadere queste monete». La vecchietta mi guardò con occhi incerti e aggiunse: «Scusami, tu non hai tempo per delle vecchie storie, hai ben altro da fare, hai il ritiro, e...», «No,» la interruppi, forse troppo bruscamente, «la prego, vorrei sapere quel che ha da dirmi, prima di andare». Lei sorrise, si calmò e incominciò la sua storia.

«Avrò avuto qualche anno più di te, e in quel periodo, avevo tante cose per la testa che mi rendevano annoiata e triste. Una mattina percorrevo a piedi la strada per raggiungere la scuola, irritata da tutto e tutti. Quel giorno in particolar modo. Era la vigilia di Natale, una data che regalava euforia e serenità ai miei compagni e alle loro famiglie, mentre io invece camminavo mordendomi le guance, a braccia calate, con il volto rivolto a terra. Andavo perché dovevo andare, ma non sarei neanche voluta uscire, anzi, non avrei voluto esserci proprio. Sicuramente anche tu avrai avuto giornate nere così, magari oggi è una di quelle. Io le avevo tutti i giorni ed ero intrattabile. Poi da quando la mamma stava tanto male, era ancora peggio. Il Natale mi sembrava inutile e ingiusto, per la sua grave malattia che la costringeva a letto tutto il giorno. All'ospedale l'avevano rimandata a casa perché non c'era molto da fare. Aveva molti dolori e le somministravano di continuo sonniferi o antidolorifici. Eppure io, invece di starle vicino e dare importanza ai giorni che mi erano ancora concessi in sua compagnia, mi allontanavo sempre di più. Per quanto le volessi bene, non riuscivo ad accettare la sua condizione e faticavo a riconoscerla ancora come mia madre. Avrei voluto far qualcosa, ma non ne ero capace. Odiavo me stessa, il mondo, gli altri, insomma tutto ciò che mi rendeva la vita così diversa da quella che avrei desiderato. Quella mattina, mentre i pensieri mi tormentavano, incontrai una compagna di classe. Succedeva ogni tanto, visto che abitava dall'altra parte della strada. Io a dire il vero non cercavo compagnia e lei poi non era una grande amica, anzi, non la consideravo granché, perché a scuola era furba e opportunista. Parlarci però mi era sollievo, perché era sempre tanto allegra e riusciva a distrarmi. Poiché eravamo difronte alla chiesa mi invitò a entrare con lei. Io resistetti lì per lì, giacché erano mesi che non andavo neanche più a messa. Mi disse che ogni mattina passava in chiesa solo per una breve preghiera, "a salutare Dio", diceva. Non mi aspettavo da lei questa devozione, per cui, anche se non ne avevo voglia, non seppi rifiutare. Andai verso una panca difronte all'altare e ricordo che mi chiese di sederci più indietro, perché la chiesa era vuota e non c'era motivo per noi peccatrici di stare in prima fila. Mi inginocchiai e giunsi le mani assieme a lei. Anche se credevo poco in quel che facevo, improvvisai una breve preghiera anch'io. Guardai la croce e dentro di me dissi a Dio che, pur non nutrendo rancori, mi sentivo molto lontana e delusa da lui. Per cui gli proposi un patto: avrebbe potuto prendersi la mia vita anche quel giorno stesso, se avesse guarito mia madre. Io mi sentivo estranea al mondo, mentre a mia madre piaceva molto vivere, quindi era lei che si meritava di stare bene, di trascorrere giorni felici e tranquilli, non io. Questo fu quanto scommisi con Dio. Quando fummo fuori dalla chiesa, non mi sentivo né sollevata, né depressa. Ma aver sfidato Dio con una proposta così altruista, in cui credevo fermamente, mi fece sentire una vittoria in tasca. Come chi abbia giocato dei numeri fortunati alla lotteria e attendesse con ansia i risultati. Fu una sensazione che comunque durò giusto il tempo di entrare in classe, perché la noia mi fece dimenticare tutto. Le ore non passavano mai a furia di guardare le solite facce di ragazzi, ragazze e insegnanti, che fortunatamente, almeno, mi lasciavano in pace. Sapevano che non era un buon periodo per me. Scambiai poche parole con qualcuno giusto per ingannare il tempo. Poi uscimmo da scuola e tornai a casa. Salutai mio padre, mio fratello e andai a dare un bacio alla mamma, che dormiva nella stessa posizione in cui l'avevo lasciata la mattina. Cominciarono ad arrivare le prime telefonate degli ospiti per la sera della vigilia. Non capivo proprio perché avrebbero dovuto festeggiare ad ogni costo. Di cosa avremmo dovuto essere felici? Giustificavo solo il mio fratellino, che non avrà avuto neanche dieci anni. Per quanto sperassi che non arrivassero mai, i parenti e gli amici furono puntuali, col sorriso sulle labbra e l'imbarazzo negli occhi. Li detestavo ad uno ad uno, mentre davano i cappotti e le borse a mio padre e andavano a salutare la mamma. Lei nel risvegliarsi mandava già i primi gemiti di fastidio. Poiché era anche inappetente, mio padre le dette quasi subito altro sonnifero per farla stare tranquilla in camera. Cosicché fu del tutto esclusa dalla serata. Si imbandì la tavola, si mangiò, si bevve e si cantò. Quando si fece tardi, ci trasferimmo sui divani vicino all'albero addobbato, a cui non facevo più caso da un pezzo. Volle essere mio fratello a prendere ciascun regalo e leggere la dedica prima di consegnarlo. Ogni volta che un regalo non era per lui mostrava un'espressione contrariata. Finché, all'ennesimo pacchetto, leggendo come destinatario il nome della mamma, si fece silenzio. Dapprima si tutti si guardarono come smarriti e subito dopo mio padre lanciò il primo grido. La mamma era apparsa in piedi alla porta della sala. Proprio lei, che non camminava più da settimane. Tutti si alzarono urlando e andandole contro, come se stesse per cadere. E invece no, lei stava benissimo in piedi da sola, scalza, in camicia da notte. Era un po' intontita e non riusciva ad aprir bene gli occhi, proprio come chi si è appena svegliato. Dopo uno sbadiglio ci chiese tranquillamente: "Che c'è, non posso scartare il mio regalo?". "Mamma!", urlai io scansando gli altri per abbracciarla. Mio padre dovette staccarmi da lei, per evitare che le facessi male. Io mi feci da parte, senza toglierle gli occhi di dosso. Il fratello di mio padre, che fino a poco prima giocava a mimare il direttore d'orchestra sulle note di un disco di musica sinfonica, si fece più serio di tutti. Era medico e aveva sempre con sé la sua valigetta. Chiese a mia madre, intenta a provare la sciarpa che le avevano donato, se poteva sentirle il polso e visitarla. Lei lo lasciò fare. Dopo un esame di circa mezzora lui dovette ammettere che, anche se sarebbero stati necessari ulteriori accertamenti, tutto ciò che aveva osservato lasciava intendere che fosse in buona salute. Fu solo dopo questo suo lieto responso che ripensai alla mia scommessa di quella mattina e a ciò che avevo messo in palio. Sentii in quell'istante che non avevo alcuna intenzione di morire, al contrario, volevo vivere la mia vita, viverla a lungo, assieme alla mamma! La gioia divenne terrore, cominciai a tremare e il fiato mi si accorciò tanto che svenni. Mio zio ebbe un gran da fare quella sera, ma non si preoccupò molto per me. Giudicò la mia reazione prevedibile, dato l'evento straordinario a cui avevo assistito. Mi fece rinvenire e poi mi dette una camomilla forte per farmi dormire. A notte fonda iniziai a rigirarmi senza tregua nel letto. Sentivo freddo, forse era la febbre o forse gli spifferi, così aprii gli occhi. Dalla porta aperta della camera, contro le luci dell'albero, che lasciavamo accese anche di notte, vidi alcune ombre muoversi silenziose. Però attraverso il muro sentivo i miei genitori russare, come sempre, mentre mio fratello dormiva di fianco a me. Strizzai bene gli occhi. Un'altra ombra passò rapida fino ad avvicinarsi alla porta e infilarsi in camera. Restai pietrificata e il cuore mi si incastrò nella gola, palpitando come una mitraglia, posso sentirlo ancora se ci penso. Le ombre emettevano soltanto dei sussurri leggeri e indefiniti. Mentre cercavo di soffocare i singhiozzi dallo spavento, fra la tenda e la finestra apparvero due punti di fumo biancastro. Attorno a quei punti aleggiava un'oscurità ancora più assoluta, nera come il nulla. Svegliai mio fratello e gli chiesi disperata se vedeva anche lui qualcosa dietro la tenda. Lui scosse la testa infastidito e ripiombò nel sonno. Io invece continuai a vedere le ombre sfilare, a percepire i bisbigli, e i due cerchi luminosi immobili su quel corpo nero continuarono a biancheggiare. Non dormii più. E anche da sveglia, di giorno, fui tormentata da strane percezioni. Vedevo le persone e gli oggetti come fossero distanti e sfocati. Qualunque cosa toccassi aveva una consistenza morbida come gomma, tutto mi appariva attutito e ovattato. Così passai la giornata di Natale. Mentre in giro tutti erano lieti e in casa mio padre e mio fratello giocavano con la mamma che rinvigoriva a vista d'occhio, io mi sentivo sotterrata fra le loro esistenze. Pensarono soltanto che dovessi ancora riprendermi dallo shock. Quando però la notte, esausta e allucinata, tornai a letto, mi ritrovai ancora in compagnia delle ombre, dei loro sussurri e scorsi di nuovo le due luci gelide. "Cosa volete?", mugolai piangendo, con un filo di voce. Allora dal corpo buio i cui occhi luminosi rilucevano dietro la tenda, si levò lentamente un braccio nero, che mi indicò. Capii allora che il patto non l'avevo fatto con Dio. Erano quei due occhi implacabili che avevano rubato la mia scommessa e ora reclamavano il premio».

La vecchia si arrestò, vedendomi scosso dal racconto. Mi strinse una mano e io le feci cenno di continuare comunque. «La mattina di Santo Stefano volli farmi accompagnare in chiesa dai miei. Erano in ansia perché stavo sempre peggio. Non riuscivo ad orientarmi con i miei sensi confusi. Non udivo bene neanche la mia stessa voce, che riverberava dentro di me. La realtà si annodava su se stessa e io con lei. Come avrei potuto sopravvivere a quel modo? Mi sedetti sulla stessa panca di due giorni prima e mi feci lasciar sola. Provai, per quanto possibile, nel disordine dei miei pensieri, a scusarmi con Dio, a pentirmi della mia impertinenza, ad implorare pietà. Non appena mi abbassai sulle ginocchia, svenni, per la seconda volta. Quando mi risvegliai la notte, in camera mia, stavo meglio. Niente più ombre e sussurri e, soprattutto, non c'era più quell'essere oscuro dagli occhi bianchi alla finestra. Mi sentii così felice e in forze che balzai giù dal letto. Appena fuori dalla camera, mio padre, che mi aveva sentito sveglia, mi venne incontro e mi abbracciò forte. "Stai meglio finalmente", mi disse, "tuo fratello dorme?". "Sì, papà. Però mi stritoli così". "Scusami", disse allentando le sue braccia, ma con la voce rotta. La mamma era morta quella mattina».

Con tono solenne la vecchia concluse: «Ora capisci? Stai attento a scommettere con Dio. Non è il tipo con cui scendere a compromessi. Se pensi di aver concluso un patto, non lo hai fatto di certo con lui». Avrei voluto chiederle tante cose, ma sgattaiolò via di colpo con tutte le sue monetine impilate fra loro e io dovetti uscire per concludere il ritiro. Dopo la cresima ebbi occasione di ritornare ogni tanto in parrocchia a cercarla. Talvolta era lì che sbrigava qualche faccenda e mi salutava, come si saluta educatamente un estraneo, nulla di più. Qualche mese dopo la trovai in cortile che annaffiava le piante, credevo non mi riconoscesse neppure. Provai a fare un lieve riferimento a quel nostro incontro, ma lei si arretrò buttando le mani dietro la schiena, come se volessi importunarla su cose che non la riguardavano. Il tempo passò e io mi feci grande. Lei morì non molto prima di Padre Giulio. Padre Carlo, la cui barba era divenuta grigia, mi disse che non ne sapeva molto, se non che era una svitata del quartiere, a cui Padre Giulio dava una mano, perché era finita in disgrazia senza nessuno che badasse a lei. Per cui tutte le domande, i dubbi e le obiezioni li tenni per me. E li custodisco ancora, gelosamente.

IL PADRE

Premio speciale unico per il Veneto
concorso letterario 'Ambiart 2015' Milano

Dieci anni prima, sdraiato a riprendere fiato con il signor Ernest sulla stessa vallata, avrebbe potuto attendere che il primo sbuffo di sole si fosse affacciato dalla collina dietro di loro per sentire che alle quattro del pomeriggio ci si era riposati a sufficienza ed era il caso di rimettersi in viaggio, e poi alla fattoria c'era il whisky di Roth Edmondziz ad aspettarli. Ma il signor Ernest sarebbe morto di intossicazione al fegato giusto qualche giorno dopo quel pomeriggio di dieci anni prima e lui adesso - senza nemmeno più la collinetta che dagli ultimi disboscamenti per le piantagioni, sotto la pioggia densa e inesauribile di una notte di ottobre, era franata lungo quel che oggi rimane del ruscello a valle - era ritornato lì da solo. Il signor Ernest si sarebbe innervosito a sentirlo dire che era *solo*: c'era anche Dan con cui non avrebbe dovuto neanche pensare per scherzo di essere da solo, sarebbe stato l'errore più ingenuo. Queste sue parole ossessive che gli aveva ripetuto ancora anche quell'antico pomeriggio, come se sapesse che gliele avrebbe trasmesse per l'ultima volta sperando che a quel punto il ragazzo iniziasse davvero a farle sue, lo fecero improvvisamente trasalire, realizzando che ora non era più semplicemente sotto il sole della valle, ma in sospesa contemplazione con Dan - fermo anche lui - che lo guardava con la coda del largo occhio sinistro, in attesa di un suo comando. Forse quell'ingannevole senso di solitudine in quei pochi minuti dopo pranzo in cui riposavano anche i trattori e le falciatrici, era dato dal fatto che non era semplicemente 'con Dan', ma erano lui 'e Dan' assieme, un atipico agglomerato di esistenze.

Così schioccò le labbra e con una leggera pressione delle reni lo fece avanzare sereno lungo la pianura, verso le siepi a ridosso dei campi di cotone. Avevano quasi la stessa età, anche se Dan cominciava secondo natura ad invecchiare ben prima di lui. Le paure del ragazzo erano ancora giovani come la sua coscienza, che come passeggeri di un piccolo treno, le ospitava senza esserne scalfita, mentre quelle di Dan erano antiche, ataviche, retaggi del progenitore più remoto, della prima autoconsapevolezza di preda nella notte dei tempi, fitte e consolidate tanto quanto il nodo dei suoi possenti pettorali. Al signor Ernest piaceva anche dire che loro hanno paura solamente di due cose: quelle che si muovono e quelle che stanno ferme e per questo ci teneva a ricordarglielo sempre - come se avesse paura di dimenticarselo lui stesso, o come se volesse illudersi che un giorno potesse servire anche a qualcun altro - che lui avrebbe dovuto essere prima di tutto suo *padre*, anche se Dan non gli era mai stato figlio, né avrebbe mai potuto esserlo, tanto meno fratello, minore o maggiore che sia. E se credeva di essere il suo padrone, si sarebbe ingannato, o ancor peggio tradito, perché Dan non si era mai fatto sottomettere neanche dai Compson, a suon di speronate e colpi di forca sulle chiappe, come si era convinto il figlio dello stalliere James che lo inseguiva mentre scalciava in addestramento, troppo vicino e insistente con quel bastone, tanto che si percepiva che prima o poi doveva succedere qualcosa di spiacevole, finché lo zoccolo sferrò il suo colpo sul ginocchio del ragazzo che svenne all'istante, come colpito dal furore divino. Il medico si rese poi conto che l'articolazione, talmente rigonfia da spremerla come una zucca marcia, non era possibile rimetterla assieme, da quella poltiglia che era divenuta di tendini, ossa e tutto ciò che gli stava intorno; così da allora James fu costretto a vedere il proprio figlio camminare con la gamba ritorta e il piede di traverso. In fondo - gli diceva il signor Ernest - sono come bambini di mezza tonnellata e gli scapaccioni servono a poco con loro, quindi rispetto ai padri normali hai già un'arma in meno.

Nel riprendere la marcia, come dopo una dormita di una settimana, avvertì un rigore nei muscoli e un tremolio febbrile per l'escursione termica fra le due superfici corporee, le spalle irradiate dal sole generoso e il suo petto a far da scudo al vento contrario, mentre batteva lesto un trotto energico, col peso del busto scaricato sul pomo della sella, come durante le tempeste in arrivo, per evitare di inzupparsi troppo e al contempo di pressare il cuore del cavallo più del dovuto. Rallentò all'infittirsi dei rododendri, così rigogliosi che sarebbe potuta sembrare una coltivazione, eppure in quella valle della grande foresta non era rimasto quasi nulla di più selvaggio se non giusto la morsa di quei filari di arbusti, nella cui afa stagnante si riversavano operose le zanzare, da quando avevano arginato il canale ad est. Dan sentiva tutto prima di lui, ogni morso di tafano, ogni moscerino che gli si infilava nelle orecchie calde, ogni mosca che si posava sul suo manto, li poteva avvertire poco dopo sulla pelle umida e tesa del ragazzo, attraverso le vibrazioni irregolari del suo corpo eretto, tormentato da nervi inquieti. Usciti dalla piccola selva, il caldo silenzio vibrò di rintocchi misurati, secchi, all'apparenza distanti, ma senza eco, che lui confuse per colpi di doppietta. Ma se fosse stato così Dan si sarebbe spaventato, avrebbe fatto un passo indietro per prepararsi alla fuga di galoppo al suo lato libero. E invece il rintocco proprio lì a poche decine di piedi da loro, sull'albero di fronte la scarpata, Dan lo aveva individuato da subito, tanto che il ragazzo, invece di rovistare distrattamente fra i tronchi con occhi inesperti, avrebbe fatto prima a guardare in che direzione volgevano le sue orecchie a quel riverbero sordo e poi osservargli il muso girarsi veloce, e avrebbe così potuto avvistare facilmente il picchio arrampicato in alto, rosso come un pagliaccio.

Riprese vivacemente il passo, per poi rallentare nuovamente verso il recinto sulla siepe oltre il ruscello. Sentendo lo sfrigolio di un ferro che probabilmente si era allentato sulla ghiaia, appoggiò il polpaccio destro sulle costole di Dan, per evitare che si avvicinasse troppo al terreno morbido prossimo ai fili spinati di cui la foresta era ormai disseminata e che da qualche anno si avvolgevano come serpi ai piccoli tralicci di metallo, recenti sostituti dei vecchi pali in castagno. Non appena gli aveva chiesto di diminuire la velocità rilassando leggermente i lombi sulla sella, Dan si bloccò di colpo puntando il naso verso i recinti. Non si aspettava che si fermasse così, senza l'ordine. Aveva sentito un richiamo insolito, che al ragazzo invece era da principio sfuggito: rauco e sordo come una porta che strisciasse su di un pavimento ruvido. Già un paio di ore prima Dan aveva fatto il diavolo a quattro e non voleva saperne di passare la sponda di quella parte di ruscello sopravvissuto al crollo della collina, che aveva invece già attraversato decine di volte in passato. Quella pozza d'acqua ormai quasi fetida di fianco al fosso, insignificante per gli umani, ebbene per Dan significava molto in quel momento, ma il punto è che lui non avrebbe dovuto dargliela vinta, smontando da sella e tentando di trascinarlo a forza con le briglie; piuttosto doveva procedere ad armi pari restandogli in groppa senza esitazioni. Come poteva ottenere da Dan la determinazione che non albergava nel suo cuore umano sempre incerto davanti all'ostacolo? Alla prima richiesta, sussurrare, alla seconda comandare forte e chiaro, alla terza - e ultima - esigere ad ogni costo; per non rimanere sconfitti e perdere la prima di una lunga serie di partite non semplicemente contro di lui, ma peggio ancora, contro di sé. Gli uomini sostituiscono le nuove paure a quelle vecchie, i cavalli le confondono sovrapponendole l'una sull'altra. E infatti al ruscello aveva dovuto farsi forza a rimontare su e conficcargli le punte nel manto, quando sarebbe stato sufficiente appoggiarle con decisione giusto qualche minuto prima. Aveva poi dovuto scusarsi con Dan per non starci male tutto il giorno, perché se talvolta sono dei gran figli di troia, che attendono proprio il momento in cui tu potresti non essere all'altezza per metterti alla prova, in fondo resti sempre tu la loro assicurazione e se è vero che quando non si sentono tutelati ti scaricano senza mezze misure, quando poi ti vedranno sconsolato, in disparte o per i fatti tuoi dargli le spalle, il loro lungo muso impudente verrà a bussarti timido dietro la schiena aspettando che tu pretenda qualcosa da loro e tu a quel punto non potrai evitare di voltarti e assestare amorevoli pacche a pieni palmi sul collo, che li faranno sentire ancora bene come non mai.

Quello strano rumore non si ripeté subito, per cui ebbe il tempo di seguire la condotta fognaria ancora per trecento iarde lungo la fittissima siepe, quando lo sentì di nuovo un paio di volte, più vicino e stavolta Dan neppure si fermò, si era già abituato: era un grugnito nitido. Forse un maiale sfuggito alla recinzione? Perché sebbene i McCaslin non avessero maiali da quel lato di valle, questi potevano esser scappati. Lungo il Mississippi già si erano verificati più volte casi di porci in fuga dallo stato domestico, passati col tempo a quello selvatico, riprodotti velocemente, come i cinghiali, stabilendosi in branchi e divorando tutto ciò che di appetitoso potesse capitare al loro passaggio, fino anche ai nidi dei picchi fra gli incavi di vecchi tronchi dove riescono ad intrufolarsi con i musi tozzi. Da quella parte della contea però, lungo il fiume Tallahatchie non gli era ancora capitato di scorgerne uno e quel grugnito insistente lo incuriosiva molto anche se lo avvertiva man mano più lontano. Alcune quaglie selvatiche dietro il fusto di un grosso albero segnato iniziarono a far sentire i loro balzi fra il fogliame. Dan approfittò della prolungata incertezza del ragazzo per rosicchiare un rovo che spuntava dal recinto, cosicché lui lo strattonò deciso con le redini per farlo smettere e tornare a concentrarsi. Doveva fare attenzione ai cardi, ai cespugli, a tutto quel trionfo tardo primaverile di aromi che lo mandavano in estasi, poiché la tentazione di addentarli era insostenibile e riportarlo al comando sarebbe stato sempre più faticoso con un pappone di erba e radici aggrovigliato nel morso delle briglie; poi avevano iniziato da qualche tempo a spargere chissà quale accidenti di insetticida sui cigli dei sentieri rivolti verso le proprietà private: ci voleva davvero poco a fargli prendere un'intossicazione o peggio ancora, un'emorragia allo stomaco. Riprese la salita, che poteva sembrare impervia a chi era in groppa, ma per Dan era per lo più una sciocchezza. Le sue quattro gambe erano stantuffi a miccia corta e scoppiettavano al trotto come i balzelli dei mufloni e il ragazzo non aveva da preoccuparsi della sua massa in bilico se restava comunque saldo nella postura, portando leggermente in avanti le spalle per non contrastarlo e scaricargli il peso lontano dalle reni. Nonostante non portasse nulla di utile alla caccia con sé, niente fucili, coltelli, corde o bussole, non sarebbe riuscito a desistere dall'approssimarsi di quel richiamo invisibile che andava moltiplicandosi lungo le distanze. Al tempo delle grandi cacce, come l'ultima al vecchio orso Ben, si mossero non si sa in quanti, oltre allo zio Ike guidato da Sam Fathers, il generale Compson e il maggiore De Spain padre e ovviamente poi Boon Hogganbeck che uccise avidamente la bestia, e ci saranno voluti molti cani, oltre al meticcio Lion in testa, e chissà quanti altri ancora; forse gli avevano raccontato che ci furono perfino membri della popolazione locale, fattori disperati vittime delle escursioni notturne del grande orso sugli allevamenti attorno alla foresta. Una vera e propria parata che aveva tutto dell'evento, la cui storia era da raccontare di generazione in generazione, quando invece non molto tempo fa erano solo lui, il signor Ernest con il cane Eagle e Dan ad inseguire un cervo, che alla fine non erano neanche riusciti uccidere. E il ragazzo per questo aveva ormai smesso di essere arrabbiato, dopo tanto tempo, anche adesso che era *solo*, a braccare forse una coppia di leprotti e seppure non volesse improvvisare alcuna caccia, chiunque avrebbe scommesso il contrario nel vederlo inerpicarsi furtivo sulla mulattiera verso quel cespuglio in movimento, le labbra screpolate e semichiuse, come se qualche bestemmia gli si fosse incastrata in gola e attendesse di sputarla fuori da un momento all'altro. Ma era di nuovo quel gruppo di quaglie selvatiche, che saltellavano per semi e vermi, sempre inzuppate nel sottobosco e comunque visibili all'occhio meno esperto, che invece a lui, non aspettandosi di scorgerle ancora razzolare fulminee sull'altro ciglio del sentiero, portarono un piccolo sobbalzo. Dan se ne accorse indietreggiando confusamente gli zoccoli e le orecchie, e allora il ragazzo si ravvide di nuovo, come ridestandosi da un'incoscienza, che era meglio muoversi e allontanarsi da lì.

Passò di fianco al capanno - o di quel che ne era rimasto – del vecchio Sam Fathers che aveva insegnato a suo zio Ike da giovane a cacciare nella grande foresta, che ospitava ancora le stuoie accatastate e uno sgabello che nessuno osava rimuovere, come se dovesse rincasare da un momento all'altro il fantasma del cacciatore centenario Sam, figlio di un capo Choctaw e di una schiava negra, anche lui abbandonato dal padre, l'unico che avesse avuto e che gli bastava, non avendo la fortuna e il bisogno di averne un secondo, come invece il signor Ernest era stato per il ragazzo. I grugniti si ripresero il silenzio della piana, circa a un quarto di miglio a nord, richiamandolo dai suoi pensieri e Dan era diventato irrequieto per le incertezze del ragazzo, per cui lui pensò di legarlo al grosso tronco non lontano dalle quaglie chiassose che sembravano essere diventate quasi intelligenti da seguirlo; ma non volle farsi distrarre ancora e approntò uno di quei nodi sicuri e rapidi da sciogliere e poiché Dan sembrava tranquillo, lui poté allontanarsi un poco senza farsi vedere. Soltanto che più si addentrava e più il richiamo si faceva lontano senza mai tacere del tutto, non solo, ma nel momento in cui il suo corpo tornava immobile, il brusio riaffiorava più intenso. Per cui decise di proseguire ancora un altro centinaio di iarde lungo il sentiero sconnesso, ma proprio quando si aspettava di scorgerli oltre gli arbusti, poi non vedeva nulla e i grugniti si spostavano in un'altra direzione. Forse perché quelle bestie sentivano i suoi stivali schiacciare il sottobosco putrescente e fiutavano l'approssimarsi del suo odore. Quindi decise di tornare indietro fino al capanno di Sam Fathers ed inoltrarsi nuovamente nella piana questa volta da ovest, sottovento, così poteva fregarli. Era talmente faticoso camminare in sordina attraverso quel terriccio di fango indurito e disseminato di frammenti di roccia franata, che il suo incedere cauto e innaturale poteva fargli prendere una bella storta, anche se il cuoio ancora solido degli stivali avrebbe limitato i danni. Seguitò a girare per una mezzora sotto il sole basso che filtrava dal pulviscolo impazzito, finché i grugniti quasi ricominciarono di concerto all'improvviso, come prima di un'imboscata alle sue spalle. Non si voltò subito ma, come gli avevano insegnato in una delle tante incursioni da piccolo, roteò gradualmente attorno all'albero più vicino, fino a trovarsi dal lato opposto e solo dopo si abbassò ancora sulle ginocchia tremanti. Si affacciò veloce e sicuro della riuscita del suo balzo, eppure i grugniti si dissolsero fulminei perché loro lo avevano scorto per primi ed erano scappati appena lui spuntò fra gli arbusti, tanto che vide, o forse si convinse di aver visto di scorcio, alcune buffe code tarchiate sgattaiolanti rapide e coperte da una nuvola di polvere e terra che chiuse il sipario sullo squallido inseguimento.

Si sedette per rilassare i polpacci e pensò a cosa avrebbe mai potuto raccontare ad altri di quel pomeriggio e che forse era meglio che fosse andata così. A furia di star soli e andare a lavorare lontano, la grande foresta magari sarebbe tornata ad essere quel che era, le leggende avrebbero prevalso sulle esperienze e la natura si sarebbe alienata dagli uomini che avrebbero continuato a farsi i fatti loro, stipati dietro nuovi solchi e confini, cosicché anche Dan, con tutti i suoi simili, sarebbero tornati come secoli fa in branco a predominare le piane capeggiati dalla femmina più anziana, senza il bisogno di qualcuno che si prenda cura di loro, quando in fondo ogni bisogno di cure è una macchia irremovibile acquisita dalla loro stessa dipendenza, come le pezzature che affiorano sulle loro ampie schiene, che si potrebbe strigliarle e spazzolarle notte e giorno, attendere la muta del pelo, senza tuttavia riuscire a scalfirne i contorni. Sapeva di quel pazzo di Walter Ewell che addestrava il suo cavallo bendandogli gli occhi, perché doveva avere una fiducia cieca nel suo cavaliere; e che adesso, se anche cavasse a Rod i grossi bulbi dalle orbite sarebbe costretto a bendarlo comunque per montarlo a dovere, perché il cavallo si era assuefatto non solo all'oscurità, ma anche alla sensazione della benda appoggiata sul suo muso grigio. Forse Walter Ewell avrebbe piuttosto dovuto bendare se stesso, perché cosa vuoi insegnare ai cavalli che loro non sappiano già? Sono i cavalieri piuttosto a dover imparare a chiedere e ad ottenere, e ancora prima, capire cosa chiedere, cosa ottenere. Fino a neanche venti anni fa si nasceva cavalieri per necessità, e si era costretti anche ad improvvisarsi, come quando il ragazzo era piccolo e si metteva una pigna fra gli stivaletti e le staffe cosicché potesse arrivare alla giusta altezza in sella. O come quella volta che, inseguendo il cervo lungo la stretta palude, il sottopancia di Dan si era strappato e con il signor Ernest lo avevano riassettato alla meglio con delle bretelle e una cintura. Davvero adesso montare in groppa era divenuto, ormai anche per lui, solo un diletto per divagarsi di tanto in tanto dai lavori specializzati nei cantieri, fra la sistemazione di un traliccio e l'installazione di una diga. Forse avrebbe fatto bene a dare retta anche a Willy Legate, che lo rimproverava perché non andava mai a scuola ad accertarsi se era vero tutto ciò che gli blateravano sull'origine del mondo e poi tornasse da lui a spiegargli dove tutto questo mondo sarebbe poi andato a finire perché, anche se Willy in cuor suo poteva immaginarlo, era ancora molto curioso.

Un pensiero lo fece alzare di scatto spaventandolo come non mai. Non avrebbe dovuto legare Dan ad un tronco, se lo sarebbe rosicchiato come una capra fino a intossicarsi, e senza pensarci erano passate già un paio d'ore e ne serviva quasi un'altra per tornare da lui. Così prese a correre come se la foresta da un momento all'altro gli si dovesse chiudere addosso e lui, sprofondando in quella terra sempre più straniera, non potesse più riemergerne in tempo. Sfidò le radici e le ghiaie, quasi fosse braccato da una valanga da cui non sarebbe rimasto a galla neanche il suo sudicio bavero, e più si avvicinava e più quel presentimento lo soffocava, mentre lui spingeva ed esagerava ancora di più la falcata, goffa e istintiva, e dei rovi gli strapparono di dosso la manica destra della camicia. Nella speranza che la luce del sole avviata al tramonto gli potesse essere sufficiente per il ritorno si figurò che se fosse giunto in tempo avrebbe riso del suo aspetto malandato e dell'esagerato affanno come aveva fatto per una delle tante scivolate da galoppo, e tutto il resto se lo sarebbe lasciato serenamente dietro le spalle.

Sbagliò a sospettare della corteccia del silenzioso albero, a cui lo ritrovò appeso, semi sdraiato, come un capo da macello, col sangue che non aveva finito di sgorgare dal collo e dalle spalle e sembrava ancora tiepido. Era stato precedentemente tanto distratto ed incosciente nel suo errore quanto ora lucido e spietato nel ricostruire cosa esso avesse generato: quando quel branco di mezzi cinghiali lo avevano fatto allontanare nel suo inseguimento, erano poi fuggiti per tornare giù a valle, e furono certamente attirati dall'odore di Dan come fin dall'inizio della loro passeggiata. Ma questa volta erano soli con lui e lui era ben legato, non poteva liberarsi dal nodo che aveva tentato di strattonare disperatamente, viste le bruciature sul lucido pelo della gola, e sul poderoso collo su cui il ragazzo si era arrampicato tante volte per montare in groppa da piccolo e che ora si ritorceva come una trave sotto la tormenta. Aveva scalciato e impennato con gli arti anteriori, fintanto che lo zoccolo destro non si era imprigionato all'imboccatura del ramo più basso e massiccio, rendendolo inoffensivo alle zanne avide dei cinghiali, che cominciarono ad affondare rapide dal ventre e sotto le spalle ed infine, quando Dan cedette e scivolò rimanendo agganciato alla morsa del nodo, fin sul collo. Si era dissanguato in breve tempo, vista la forte pressione indotta dal moto sostenuto durante il lungo tragitto al trotto. E lì era rimasto appeso, con quella decina di bocche a sfamarsi fintanto che non abbandonarono il banchetto, sentendo i passi indiavolati ma tardivi del ritorno del padrone.

Del padrone, non del padre. Perché se fosse stato un padre non avrebbe mai dovuto lasciarlo così lontano, così a lungo, quando in giro quelle bestie intimorivano anche lui. Lo aveva abbandonato come avevano fatto con lui i suoi genitori di cui non conosceva le facce e poi come il signor Ernest quando morì; che tutto sommato però aveva cercato di essere suo padre fino all'ultimo, mentre lui chissà, magari aveva smesso di esserlo per Dan da tempo. O forse aveva iniziato quando era piccolo e poi si era disilluso con gli anni, allontanandosi dalla vita di foresta, o addirittura, non era mai stato niente di tutto questo. Loro due che avevano la stessa età. E ora che non c'era più nulla da escogitare, che si sarebbe anche reso ridicolo solo a pensare di trascinare le sue mille libbre di un pollice più in là, tirò via con forza lo zoccolo incastrato e slegò a fatica il nodo sul collo adagiandogli il muso sulla terra morbida e poiché Dan se l'era fatta addosso, forse dal terrore dall'agguato, con quel che restava della camicia scansò tutto via alla meglio da lì, mosche comprese. La stanchezza prevalse sulla rassegnazione, sulla rabbia, sulla tristezza ed ogni altro intempestivo sentimento umano difronte alla sventura compiuta. Siccome faceva buio e per quel giorno non c'era più il whisky di Roth ad aspettarlo al ritorno, a quel punto non dovette rifletterci molto, si sdraiò e appoggiò la testa sul manto immobile ma ancora vivo di calore della schiena di Dan, e pensò che da piccolo non aveva mai avuto coraggio di coricarsi ai suoi piedi, perché come gli diceva il signor Ernest, se ci avesse dormito accanto un'intera notte e il mattino dopo era sempre tutto intero, voleva dire che era pronto, era stato riconosciuto come padre, e si sarebbero svegliati illesi uno di fianco all'altro.

Ecco che in quell'ultima cenere di pomeriggio, un sonno inevitabile si insinuò fra le sue ansie di uomo, e attendendo il momento in cui il sole li avesse abbandonati definitivamente, lui adesso era di sicuro insieme a Dan, e potevano provarci ancora quei figli di puttana, dovevano solo azzardarsi ad avvicinare di nuovo le loro zanne fameliche, perché stavolta non era da solo, lo avrebbero trovato lì con lui!

NON GUARDARE VERSO IL MARE

Primo classificato
premio letterario 'Donna sopra le righe 2018' Siena

Ho viva in mente un'immagine di te, di cui non riesco a ricordare l'attimo. Come una fotografia raccolta per terra. Da quale album sarà sfuggita? Dovrei pensare, ragionare, ricostruire.

Siamo al mare, in una spiaggia ghiaiosa, quasi selvaggia. Forse gli ultimi giorni di primavera, tu porti già la solita maglietta a maniche corte blu, indurita dalla salsedine, con cui sfoggi sempre la tua insofferenza ai luoghi di mare. Le onde che si rincorrono a largo divengono innocue lungo le rive sassose. Ricordo di aver riconosciuto le isole della Croazia nelle protuberanze che affiorano all'orizzonte, dunque potrebbe trattarsi della riviera del Conero. È strano stentare a riconoscere le nostre coste, adesso come allora, perché ricordo anche che ci siamo persi per trovare la spiaggia sotto la rupe franosa, fra Urbani e San Michele. Amo particolarmente quel posto, da dove si possono osservare per ore i ragazzi fare surf. A te invece, che detesti il mare e le spiagge, sembra un luogo qualunque della costa, senza identità. Sei seduto a riva lontano da me, sperando che io voglia andarmene presto. Invece mi diverto a restare ancora, curiosa di sapere per quanto potrai tenere il broncio. Soffia un vento insistente, da non farci stendere i teli sulla sabbia. Abbiamo dovuto posarci sopra le borse e le scarpe per tenerli aperti e riuscire a sdraiarci in tranquillità. In quel punto del litorale non c'è confusione, il chiasso delle spiagge vicine si dissolve nel fragore delle onde e del vento. Si odono solo i passeri e i merli di cui è ricolma la macchia sulla rupe. Ricordo che, per quanto l'aria di mare riuscisse ad attenuarmi la nausea, ero comunque nervosa per la vergogna di stare in costume, anche se, con te vicino avevo trovato lo stimolo per scherzarci su. Una volta dicevi che ero 'il tuo cammello', perché le avevo grosse, come due gobbe davanti, allora ti ho detto: "ora devi chiamarmi 'il tuo dromedario'". Hai disapprovato con una smorfia di sorpresa e disgusto, tanto che io sono scoppiata in una risata e di seguito tu con me. È stato allora che è spuntata quella cagnetta randagia, probabilmente attirata dalla nostra allegria. Ci siamo divertiti a giocare con lei, solo che non voleva più saperne di andar via. Ricordo che sbavava dall'eccitazione e più tu la minacciavi, più lei si accostava divertita. Per scacciarla avevamo provato a lanciargli della coca cola addosso e lei invece si è messa a leccarla di gusto. Poi l'abbiamo sollevata con tutto il telo per gettarla in acqua, lei invece è riuscita a divincolarsi e saltare giù. Eri furioso, mentre io, per le forti risate e la debole continenza, me l'ero quasi fatta addosso. Hai appallottolato il telo, ficcandolo a forza nel sacco, poi ti sei rivestito, hai infilato il borsello a tracolla e ti sei messo seduto a riva, in collera. La cagnetta ti si è accucciata accanto, rivolta verso il mare insieme a te, come se nulla fosse. Io ero rimasta dietro di voi a guardarvi: i tuoi capelli così neri, il suo pelo così bianco. Ho provato a scattarvi una foto, senza riuscirci, perché mi tremavano le mani dal ridere. L'immagine che ho di te potrebbe essere questa, eppure non appartiene a quel momento. Devo pazientare ancora e continuare a ricordare.

L'abbiamo chiamata 'Colla' perché da quel giorno alla spiaggia non ti si era più staccata di dosso. "Inizio ad essere gelosa", ti dicevo talvolta quando, in attesa che io terminassi la chemio, andavi a spasso con lei nei dintorni dell'ospedale. Tu scrollavi le spalle e mi davi un bacio prima di uscire dal reparto. Sebbene non volessi ammetterlo, era evidente che ti eri affezionato. Le carezzavi persino la nuca come facevi con me. Io ne ero contenta, sollevata, poiché oramai non riuscivo più ad esserti di compagnia, se 'compagnia' può definirsi ciò che un malato restituisce in cambio di assistenza. Le sedute erano interminabili e le trascorrevo leggendo o guardando il televisore. Spesso pensavo a te, chiedendomi dove andassi nelle tue passeggiate. Ti immaginavo curioso e instancabile in mia assenza, alla ricerca di vicoli, piazze, chiese, dove pure non ve ne fossero. Magari in un caffè, confortato da un incontro, un nuovo sentimento. O forse, più semplicemente, annoiato su una delle panchine del parcheggio. Pensavo a come ci stessimo perdendo prima della malattia e a come, dopo di essa, ci fossimo afferrati di nuovo. D'un tratto, senza sforzo, avevamo ripreso non dico ad amarci, ma a rispettarci e collaborare, come rinsaviti che non vi fosse altra realtà che avesse senso tentare all'infuori dalla nostra. Dove avevamo ritrovato tutta questa risolutezza? Non ce lo chiedevamo più di tanto e le poche volte non ci rispondevamo. Succede così quando si diventa, senza volerlo, consapevoli. Non ho nemmeno mai avuto bisogno di chiederti se eri sicuro di andare fino in fondo con me, nella mia condizione, perché per la prima volta non scorgevo in te alcun dubbio. Certamente avrei desiderato passeggiare al tuo fianco, non solo per evadere dai reparti e dalle terapie, ma per spiarti, per vedere com'eri in mia assenza, qual era il tuo atteggiamento, il tuo umore e la tua forza, da quando ci eravamo scelti di nuovo. Forse era per il troppo pensare che presi l'abitudine di addormentarmi durante le somministrazioni di taxolo e bifosfonati, proprio io, che avevo sempre sofferto d'insonnia. Il fatto è che la forza si era affievolita assieme alla voglia. Evitavamo lunghi spostamenti in automobile, rinunciando a raggiungere il mare, per tua fortuna. Però, nelle mie giornate migliori, potevamo andare nella piscina in città. Mi sentivo bene in acqua, dove le articolazioni si liberavano morbidamente e i dolori alle ossa scomparivano. La colonna vertebrale, che chiamavo 'Emmental' per i buchi che si vedevano sparpagliati nelle tac, dentro l'acqua riprendeva leggerezza. Avrei voluto nuotare per sempre. Ricordo quando mi sono immersa con tutta la parrucca e l'ansia poi per asciugarla, con quello che ci era costata. Ci abbiamo riso per giorni. Ridemmo anche quella volta che la cercai per un'ora buona e tu, puntandoti timidamente il dito sulla testa, mi feci capire che l'avevo già indosso. Ridere mi fece dimenticare, in quelle occasioni, che ormai avevo accettato come miei quei capelli adottati. Forse non solo i capelli, ma la malattia intera. Può sembrare crudele a dirsi, però di tutto il tempo trascorso assieme, sono stati quegli gli anni in cui abbiamo riso di più. Non avevo mai riso di me quando ero sana, ora che invece la malattia mi rendeva fiacca e maldestra, come non ero mai stata, ridere era divenuto necessario, mi era di sollievo. Era soprattutto ai momenti in cui si rideva che tendevo a ripensare, dato che gli altri, quelli penosi, del ricordo non avevano bisogno, bastava viverli ogni giorno. Pensavo a quanto avrei voluto ridere anche quando faticavo a piangere. La notte in cui il farmaco mi provocò la polmonite, ero talmente esausta ed annoiata dal calvario, da convincermi che non ci sarebbe stato niente di male a desiderare di distaccarmi da te e tu da me. Mi venne in mente Socrate, quando mi ricoverarono: 'È tempo ormai di andar via, io a morire, voi a vivere'. Non intendevo proclamare un addio, soltanto che in quegli istanti angosciosi provavo nostalgia persino delle supplenze ai licei. 'È per la malattia che hai abbandonato il lavoro o hai abbandonato il lavoro per la malattia?', pensai più volte a questo tuo rimprovero ironico. Ricordo che il prelievo arterioso dal dolore mi fece bestemmiare, cosa che non avevo fatto mai, tanto che alla fine fui io a scusarmi con l'infermiere, anziché il contrario. Pensavo alle ossa, al fegato, ai polmoni, al cervello, a tutti gli organi contaminati e mi chiedevo perché continuassero a chiamarlo ancora semplicemente, 'tumore al *seno*'. Anche le parole divenivano estranee? Non saprei, perché quando in corsia ti supplicai di gettare le mie ceneri in mare, era davvero ciò che intendevo. Tu sospirasti di inquietudine: "Perché dici così?", ed io: "Perché un corpo intero non è il caso". Ridemmo ancora.

Ricordo che quel pomeriggio ti sei preparato con determinazione. Raggiungesti la costa senza sbagliare strada, proprio quella stessa spiaggia vicino a San Michele. Eri vestito come sempre: non avevi dimenticato la maglietta blu, il borsello e Colla che ti scodinzolava vicino. I grilli echeggiavano dal promontorio e alcuni gabbiani erano affacciati fra le rocce. Il sole restituiva agli scogli una luce assonnata, pronta ad attenuarsi di più ad ogni nuovo sbuffo di vento. L'aria salata si rinfrescava sul finire della giornata, scompigliando le alghe rinsecchite sulla riva. Si respirava un silenzio profondamente umano, non di luoghi isolati, ma di folle di persone col fiato sospeso. Nel guardarlo il mare si mostrava rispettoso e soffocava la sua vibrante minaccia di poter sommergere il mondo. Potevo divertirmi al pensiero di un nubifragio inatteso, di una fuga, di un bivacco improvvisato nella sabbia, di un tremito per il freddo e l'umidità, di una fame da morire. Non una parola a minacciare quel devoto esercizio di meditazione che ho sempre voluto regalarmi quando le giornate sono bruciate dal tempo, nei pomeriggi di mare. L'ammirazione del mare potrebbe indurre a desiderare anche qualunque altro mare che non sia quello che si osserva. Ci si potrebbe sorprendere col guizzo esotico di un pellicano, la morsa di un alligatore o la frenesia di un nuotatore in difficoltà. Essere a repentaglio per sempre in uno spettacolo senza salvezza, ecco cosa vorrei che i miei occhi scorgessero fra le onde: il desiderio di un intervento tutt'altro che provvidenziale, di un uomo che con la sua opera eccezionale si trascenda al punto da rubare il paesaggio a se stesso. Altro non posso desiderare, difronte allo spettacolo del mare. Apristi il coperchio e scuotesti il contenitore verso la riva. Una brezza repentina rigettò tutta la polvere su di te e verso l'interno della spiaggia. Ti divincolasti agitando le braccia come per scampare ad un assalto di vespe. Colla ti saltellava attorno, forse era spaventata o pensava tu volessi giocare. Ricordo che buttasti con rabbia l'urna vuota sulla sabbia e ti sedesti rassegnato. Piangendo guardavi l'orizzonte e Colla accanto a te. Il vento mi aveva spinto dietro di voi.

Adesso che ho ritrovato l'immagine e il suo momento, il ricordo è trasfigurato facendosi talmente remoto da non essere più ricordo. Persino quando tutto è trascorso e potremmo finalmente dedicarci a cose nuove o rimaste in sospeso, eccoci ancora come idioti a rievocarci l'un l'altra. Non siete riusciti a spargermi in mare, il mare che mi mancava tanto. Eppure, il pensiero di dover in eterno farmi lieve questa sabbia ghiaiosa, strano a dirsi, invece di avvilirmi, mi apre un sorriso così vivo e incontrollabile, che vorrei mi guardassi, tu, che resti taciturno a fissare l'orizzonte. Il tuo silenzio mi fa sorridere ancora di più adesso che sei sincero, che non quando tacevi per farmi dispetto. Sì, proprio ora che dovremmo davvero lasciarci in pace e perderci, io e te, invece "Voltati!", vorrei gridarti, ridendo contro vento, "perché osservi le onde, che non ti sono mai piaciute? Io sono qui, dietro di te. Voltati stupido! Non guardare verso il mare".

INDICE

www.ingramcontent.com/pod-product-compliance
Lightning Source LLC
LaVergne TN
LVHW041433170726

843492LV00008B/2581